AF369536

NOTICE

DE

MANUSCRITS,

DE

LIVRES ANCIENS ET MODERNES

ET DE

PARTITIONS MUSICALES

Dont la vente aura lieu le lundi 27 avril 1868,

à 7 heures et demie très-précises du soir,

Rue des Bons-Enfants, 28, maison Silvestre,

Par le ministère de Mᵉ DELBERGUE-CORMONT, commissaire-priseur,
Rue de Provence, 8,

Assisté de M. ADOLPHE LABITTE, quai Malaquais, 5

Le libraire chargé de la vente remplira les commissions
des personnes qui ne pourraient y assister

PARIS

ADOLPHE LABITTE, LIBRAIRE

QUAI MALAQUAIS, 5

1868

ADOLPHE LABITTE

LIBRAIRE

5, quai Malaquais, 5

SILVESTRE. Marques typographiques des Libraires et Imprimeurs français, depuis l'origine de l'Imprimerie jusqu'en 1600. XVIe livraison, comprenant la suite des *Marques* jusqu'au numéro 1310, et la table.

Papier ordinaire . . . . 4 fr. »
Papier vélin . . . . 6 fr. »

Les livraisons VIII à XV se vendent aussi séparément. L'exemplaire complet . . . . 64 fr. »

Collection de Poésies, Romans, Chroniques, etc., des XVe et XVIe siècles. Paris, Silvestre, 1838-58. 24 vol. grand in-16, gothique. 150 fr. »

Choix de Peintures de Pompéi, lithographiées en couleur par ROUX, avec un texte par Raoul ROCHETTE. 1 vol. in-folio, 28 planches.

Exemplaire en demi-reliure maroquin . . . . . . 100 fr. »
Exemplaire en 7 livraisons . . . . 80 fr. »

GUÉRARD. Polyptyque de l'Abbaye de Saint-Remi de Reims. Paris, Imprimerie impériale, 1853. In-4, br . . . . 7 fr. 50

PAUSANIAS. Description de la Grèce, traduite avec le texte en regard, par Clavier. Paris, Imprimerie royale, 1814, 6 vol. in-8, br. 30 fr. »

Paris. — Typographie de Ad. Lainé et J. Havard, rue des Saints-Pères, 19.

NOTICE

DE

MANUSCRITS,

DE

LIVRES ANCIENS ET MODERNES

ET DE

PARTITIONS MUSICALES

Dont la vente aura lieu le lundi 27 avril 1868,
à 7 heures et demie très-précises du soir,

Rue des Bons-Enfants, 28, maison Silvestre,

Par le ministère de Me DELBERGUE-CORMONT, commissaire-priseur,
Rue de Provence, 8,

Assisté de M. ADOLPHE LABITTE, quai Malaquais, 8

Le libraire chargé de la vente remplira les commissions
des personnes qui ne pourraient y assister

PARIS

ADOLPHE LABITTE, LIBRAIRE

QUAI MALAQUAIS, 5

1868

CONDITIONS DE LA VENTE.

Il y aura, le jour de la vente, EXPOSITION, de deux à quatre heures.

Les acquéreurs payeront 5 centimes par franc, applicables aux frais de la vente.

On vendra quelques lots de bons livres à la fin de la vacation.

ORDRE DE LA VACATION.

Numéros 11 à la fin,
1 à 10.

Paris, — Imprimerie de Ad. Lainé et J. Havard, rue des Saints-Pères, 19.

NOTICE

DE

MANUSCRITS,

DE

LIVRES ANCIENS ET MODERNES

ET DE

PARTITIONS MUSICALES

MANUSCRITS.

---

1. CY COMMENCE la table des livres qui sont contenus en cest
volume et comment on trouvera le comencement de chas-
cun livre par les feuillets qui sont nombrés et premiere·
ment : le livre de la misere de l'homme, le second livre qui
parle de convoitise, le tiers livre qui parle de la pourriture
des corps, le livre de l'enseign. des philosophes appelé Mo-
ralité. — De la Patre nostre. — Des Biens et tribulations de
l'âme. — Les Proverbes, les dits des faits. — Le Dit des phi·
losophes de Alexandre quand il fut mort. — Le Livre de
Sapience. MANUSCRIT in-fol. 336 feuillets, xvᵉ siècle.

> Manuscrit d'une grande importance et qui paraît inédit. Il porte une re-
> liure ancienne anglaise et ces mots imprimés sur le plat : De la bibliothèque de
> la chevalière d'Eon.

2. COMPTES de Léon X pendant les années 1517 et 1518,
20 feuilles in-4 et in-fol.

> MANUSCRIT très-intéressant; parmi les articles payés on remarque les sui-
> vants : Pagati a Raffael da Urbino per azzuri per la Loggia... D. 100. — Pa·
> gati al detto per conto dell' opere di detto lavoro... D. 32. — Pagati a Raf·
> fael da Urbino per l'opere della loggia.... D. 32.

3. PETRUS CRESCENTIUS, trattato della agricultura. MANUSCRIT
in-fol. sur deux colonnes, xvᵉ siècle.

> Pierre Crescenzi est le restaurateur de l'agriculture en Italie. C'est l'original
> de l'ouvrage imprimé en 1486 : *Proufits champêtres et ruraux.*

4. Epitoma Justini ex historiis Trogi Pompeii totius orbis, pet. in-fol. parchem.

Beau manuscrit sur vélin. Écriture ronde du xive siècle.

5. Inchomincia i trionfii di messer Francescho Petrarcha, gr. in-8, rel. en carton.

Manuscrit sur vélin du xve siècle, d'une jolie écriture italienne; il est suivi d'un ouvrage en prose de Pétrarque et de sa vie par un auteur anonyme.

6. Pindari Olympia, Pythia, Nemea. Isthmia. Græce, in-24, parch. tr. dorée.

Joli manuscrit du xve siècle sur papier.

7. Platonis de immortalitate animorum, Platonis de morte, Platonis epistole, Julii Censorini de natali die. Latine, in-4, rel. en bois.

Manuscrit sur pap., bonne écriture, xvie siècle.

8. Torquato Tasso, dialogo delle virtù feminili, 6 feuillets in-fol., incomplet de la fin.

Manuscrit attribué au Tasse.

9. Seconde partie des mémoires qui peuvent servir à la vie de M. de Saint-Cyran, écrits en 1663, vies de mesdemoiselles Arnaud et autres biographies, in-4 d'environ 500 pages, d.-rel.

Manuscrit du xviiie siècle.

10. Dictionarium sinico-latinum R. P. Basilii a Glemona Itali, missionario S. Congregationis de propaganda fide, cum indice copioso. *Macai*, anno 1732, pet. in-4, cuir de Russie.

Joli ms. d'une écriture nette et très-soignée, et sur papier de Chine; à la fin se trouve une copie de la grammaire chinoise de Ch. d'Horace de Castorano.

---

11. La Sacra Biblia, tradutta in lingua romanscha, 1743, in-fol. cart. non rogné.

12. Bible gothique en flamand. *Delf*, 1477, 2 vol. in-fol. à 2 colonnes.

13. Horæ in laudem Beatissimæ Virginis, secundum consuetudinem Romanæ curiæ, etc. *Venetiis, apud Aldum, mense junio*, 1521, in-64 parchemin, imprimé en rouge et noir.

Bel exemplaire de ce livre d'une grande rareté.

14. Problèmes plaisans et délectables qui se font par les nombres, par Ch. Gaspar Bachet de Meziriac. *Lyon, P. Rigaud*, 1612, pet. in-8, parch.

15. Dell'opere magnanime de i due Tristani cavalieri invitti della tavola rotonda libri. *Venelia, Pramezzino*, 1555, pet. in-8, parch. (*Le titre manque.*)

16. L'illustre et famosa historia di Lancillotto del Lago, che fu al tempo del R. Artu. *Vinegia, Michele Pramezzino*, 1558, pet. in-8, un tome en 2 vol. v. f. tr. dor.

17. L'illustre et famosa historia di Lancillotto del Lago, che fu al tempo del Re Artu. *Vinegia, Pramezzino*, pet. in-8, parch. tomes I et III.

18. Jacobi Mazonii oratio habita Florantiæ VIII idus februarii anno 1588, in exequiis Catherinæ Medices, Francorum Reginæ. *Florentiæ, apud Phil. Junctam*, 1589, pet. in-4, rel. en carton, 15 feuillets, caractère italique.

19. Roberti Guibe Britanni episcopi trecerensis ad Innocentium VIII, Pont. maximum, legati Francisci Ducis Britanniæ, oratio in obedientia præstanda, in-4, rel. en carton, 2 feuillets.

20. DICTYS CRETENSIS de bello trojano libri VI, Q. Septimio Romano interprete. Daretis Phrygii de excidio Trojæ libri, interprete Cornelio Nepote. Declamationes tres ejusdem ab Erasmo Rot. Latio donatæ. *Basileæ*, 1529, lavé, réglé, in-8, v. à compartiment.

Rel. à la Grolier avec la devise : *Spes mea Dominus et verbo ejus fidem habeo.*

21. THRENOTHRIAMBRUTICON. Charles II. King of Great Britain. Imperii restituti regis, subjugata traditione, gratulatio, in-fol. en deux parties. IMPRIMÉ SUR SOIE.

Pièce en vers latins, par Benlowes, datée de 1660; imprimée en forme d'affiche aux armes d'Angleterre, et ornée des portraits de Charles Ier et Charles II.

22. Premier livre de chansons, composé en musique à quatre parties par P. Certon (et autres), 20 livres, 1564. Chansons de Ronsard, Ph. Desportes et autres, mises en musique par de la Grotte. Premier et second recueil des Recueils, composé à quatre parties de plusieurs auteurs. *Paris, Leroy et Ballard*, 1569, pet. in-8 obl. 3 vol. v. br. et parch.

3 parties : basse, ténor, contrebasse.

23. Raccolta di varii poemi latini e volgari fatti da diversi nella felice vittoria reportata da Christiani contra Turchi. *Venetia, Georgio Angelieri,* 1571, pet. in-8, parch.

Réunion de poésies en divers patois italiens.

---

24. Sancti Ambrosii opera. *Parisiis, Migne,* 1845, 4 vol. gr. in-8 br.

25. (Venerabilis) Bedæ opera. *Parisiis, Migne,* 1851, 6 vol. gr. in-8 br.

26. Boetii opera. *Parisiis, Migne,* 1847, 2 vol. gr. in-8 br.

27. Cassiani opera. *Parisiis, Migne,* 1846, 2 vol. gr. in-8 br.

28. Cassiodori opera. *Parisiis, Migne,* 1847, 2 vol. gr. in-8 br.

29. S. Cypriani opera. *Parisiis, Migne,* 1844, gr. in-8 br.

30. S. Eusebii Vercellensis, et Firmici Materni opera, ed. Migne. *Parisiis,* 1845, gr. in-8 br.

31. S. Hieronymi opera. *Parisiis, Migne,* 1845, 11 tomes en 9 vol. in-8 br.

32. S. Hilarii opera. *Parisiis, Migne,* 1844, 2 vol. gr. in-8 br.

33. Lactantii opera. *Parisiis, Migne,* 1844, 2 vol. gr. in-8 br.

34. S. Leo Senonensis, Junilius, etc., opera omnia. *Parisiis, Migne,* 1847, gr. in-8 br.

35. S. Leonis Magni opera omnia. *Parisiis, Migne,* 1846, 3 vol. gr. in-8 br.

36. S. Maximi Taurinensis opera. *Parisiis, Migne,* 1847, gr. in-8 br.

37. S. Paulinus Nolanus, et alii patres latini, opera omnia. *Parisiis, Migne,* 1847, gr. in-8 br.

37 *bis.* Poetarum christianorum, Juvenci, Sedulii, Rutilii, etc., opera omnia. *Parisiis, Migne,* 1846, gr. in-8, br.

38. S. Prosperi Aquinatis opera. *Parisiis, Migne,* 1846, gr. in-8, br.

39. Prudentii opera. *Parisiis, Migne,* 1847, 2 vol. gr. in-8, brochés.

39 *bis*. Salviani et Arnobii opera. *Parisiis,* 1847, gr. in-8, br.

40. Sicardi Mitrale, seu de officiis ecclesiasticis summa. *Parisiis, Migne,* 1855, gr. in-8, br.

41. Sixti papæ et Dionysii papæ opera. *Parisiis, Migne,* 1844, gr. in-8, br.

42. Tertulliani opera. *Parisiis, Migne,* 1844, 3 vol. gr. in-8, br.

43. Colincamp. Étude critique sur la méthode oratoire de saint Augustin. *Paris, Durand,* 1848, in-8, br.

43 *bis*. Saint François de Salles (l'esprit de), nouv. édit., par Depéry. *Paris, Gaume,* 1840, 3 vol. in-8, br.

44. S. François de Sales, œuvres choisies, publiées par de Perrodil. *Paris, Lecoffre,* 1845, 2 vol. in-12, br.

45. (Aug.) Theiner. Histoire du Pontificat de Clément XIV. *Paris, Didot,* 1852, 3 vol. in-8, br.

Le tome III renferme : *Brevia et epistolæ.*

46. Veuillot (Louis). Mélanges religieux, historiques, politiques et littéraires. *Paris, Gaume,* 1859, 6 vol. in-8, br.

47. Louis Veuillot. Le Parfum de Rome. *Paris,* 1862, 2 vol. in-12, br.

48. Veuillot (Louis). Les Libres Penseurs. *Paris, Lecoffre,* 1860, in-12, br.

49. Dœllinger. La Réforme, son développement et les résultats qu'elle a produits, par Perrot. *Paris, Gaume,* 1848, 3 vol. in-8, br.

50. G. d'Eichthal. Les Évangiles. *Paris, Hachette,* 1863, 2 vol. gr. in-8, br.

51. (Martin) Luther. Les Propos de table, trad. et publiés par Gust. Brunet. *Paris, Garnier,* 1844, in-12, br.

52. Archives des missions scientifiques. *Paris,* 1850 à 1867, 11 vol. en livraisons.

Il manque quelques livraisons.

53. Dictionnaire usuel des sciences, par Ch. Louandre. *Paris,* 1863, in-12, br.

54. Hoefer. Dictionnaire de chimie et de physique. *Paris, Didot,* 1847, in-12, br.

55. Desdouits. La Physique en action, ou applications utiles et intéressantes de cette science. *Paris, Lecoffre,* 1846, 2 vol. in-8, br. 262 *figures.*

56. Buchner (Louis). Études populaires d'histoire et de philosophie naturelles. *Paris,* 1865, in-12, br.

57. Biet. Essai sur l'école juive d'Alexandrie. *Paris, Belin,* 1854, in-8, br.

58. Dialoghi di Amore di Leone Hebreo. *Venegia,* 1558, pet. in-8, vélin.

59. Léon Hébrieu, de l'Amour. *A Lyon, par Jean de Tournes,* 1551, 2 tomes en 1 vol. pet. in-8, v. f. tr. dor.

> Bel exemplaire, très-grand de marges.

60. L'Éternité des peines, par J. Wallon. *Paris,* 1866, in-12, br. papier vergé.

> Tiré à petit nombre.

61. Hœfer. Dictionnaire de médecine pratique. *Paris, Didot,* 1847, in-12, br.

62. Daremberg (Ch.). La Médecine dans Homère. *Paris, Didier, s. d.,* in-8, br.

63. De l'Homme et de la Femme, considérés physiquement dans l'état de mariage (par de L.). *Lille,* 1772, 2 vol. in-12, v. *Figures.*

64. Tractatus physiologicus de pulchritudine, authore Ern. Vænio. *Bruxellis,* 1662, pet. in-8, d.-rel. n. rogn.

65. Pompéi. Recueil des peintures, bronzes, etc., vol. VIII. *Paris, Didot,* 1840, in-8, cart. *Figures.*

66. Traité du point d'honneur et des règles pour converser et se conduire avec les incivils et les fâcheux (par de Courtin). *Paris, Hélie Josset,* 1675, in-12, v. f.

> Joli volume aux armes du comte d'Hoym.

67. Theatro della caccia di Giacomo Pacifresio. *Bologna,* 1673, in-12, vélin. 14 *planches gravées sur bois.*

> Ce petit ouvrage sur la chasse est rare. Il contient la chasse au faucon, au chien courant, la chasse au loup, etc.

68. Rules and regulations of the Walton and Cotton club. *London,* 1840, pet. in-4, d.-rel.

> Règles du club des pêcheurs de truite en Angleterre. Ce volume dont le

texte est encadré d'un filet ; rouge n'a été tiré qu'à 33 exempl. pour les 33 membres du club. Pickering l'a imprimé avec luxe, sa marque est à la fin et au commencement du volume.

69. In hoc volumine continentur Rhetorica ad Herennium, etc. *Venetiis, Aldus,* 1533, pet. in-4, v. *Anc. rel.*

70. Les Sentences de Marc Tulle Cicéron. — Recueil d'aucunes sentences notables, extraictes des plus graves et illustres poëtes et orateurs latins, traduictes en rhythmes françoises, par Gueroult. *Lyon, Balthazar Arnoullet,* in-8, v.

Exemplaire réglé et grand de marges.

71. Traicté de la conformité du langage françois avec le grec, par Henri Estienne. *Paris, Rob. Estienne,* 1569, in-8, vél. *Rare.*

72. Prologo del libro intitolato I Fructi della lingua composto da Fratre Domenico Cavalcha da Vico. (*Al fine:*) *Impresso in Firenze per Ser Lorenzo Morgiani e Giovanni di Piero, Tedesco,* 1493, in-fol. rel. en bois, 88 ff.

Exemplaire très-bien conservé. Le premier feuillet est blanc.

73. Traités de grammaire en arabe, gr. in-8, cart.

Beau manuscrit avec têtes de chapitre en or et en filets or et rouge.

74. Callery. Dictionnaire encyclopédique de la langue chinoise. *Macao,* 1844, gr. in-8, br. (Tome Ier).

75. Homère. Odyssée, trad. par Peyssonneaux. *Paris, Charpentier,* 1862, in-12, br.

76. La Métamorphose d'Ovide, figurée. *A Lyon, par Jan de Tournes,* 1564, pet. in-8, d.-rel. *Figures du Petit Bernard.*

Exemplaire très-grand de marges.

77. La Pharsale de Lucain, en vers françois, par Brébeuf. *Leide, J. Elzevir,* 1658, pet. in-12, mar. *Rel. anglaise.*

78. Œuvres de Marot. *Genève* (Cazin), 1781, 2 vol. in-16, v. fil. tr. dor. *Portrait.*

79. Recueil des plus belles épigrammes des poëtes françois, depuis Marot jusqu'à présent. *Paris, Nic. Leclerc,* 1698, 2 tomes en 1 vol. in-12, vélin.

Bel exemplaire d'un livre rare.

80. Œuvres de Scarron. *Amst., Weststein,* 1737, 10 tomes en 5 vol. pet. in-12, vélin. *Portrait.*

Bel exemplaire.

81. Œuvres diverses du sieur D*** (Despréaux). *Paris, Barbin*, 1683, in-12, v. br.

Édition originale des épitres 6 à 9 et des chants 5 et 6 du Lutrin.

82. Les Œuvres posthumes de M. de La Fontaine. *Paris*, 1696, in-12, v.

83. La Pucelle d'Orléans, poëme en dix-huit chants. *Londres* (Cazin), *s. d.*, in-18, v. tr. dor. *Fig.*

Texte encadré.

84. Le Fond du sac, ou Restant des babioles de M. X***, membre éveillé de l'Académie des Dormants. *Venise, chez Pantalon Phœbus* (Cazin). 2 vol. gr. in-18, d.-rel.

Exemplaire presque non rogné. Cet ouvrage est orné de vignettes dans le genre de Duplessis-Bertaux.

85. Mélanges de poésies fugitives sans conséquence, par la comtesse de (Beauharnais). *S. l. n. d.*, 2 tomes en 1 vol. in-8, mar. r. comp.

Figures de Marillier.

86. Dante, col sito et forma dell'inferno. (Al fine :) *P. Alex. Pag. Benacenses, F. Bena v.v., s. a.*, pet. in-8, v. ant.

Edition très-rare imprimée par Paganini. Exemplaire très-bien conservé.

87. Rime e prose di Giovanni della Casa. *In Fiorenza, Giunti*, 1616, pet. in-8, v. f.

88. Aristophane. Théâtre, scènes, traduites en français par Eug. Fallex. *Paris, Aug. Durand*, 1863, 2 vol. in-12, br.

89. Apulei metamorphoseos libri. *Venetiis, Aldus*, 1521, pet. in-8, v.

90. Histoire des imaginations de M. Oufle. *Amst.*, 1710, in-12, vélin, *figures.*

Bel exemplaire.

91. Le Paysan perverti, par Rétif de la Bretonne. *La Haye*, 1776, 4 tomes en 2 vol. in-12, v.

92. H. Ternaux. Les Communeros, chronique castillane du xviᵉ siècle. *Paris, Paulin*, 1831, in-8, br.

93. Louis Veuillot. Historiettes et fantaisies. *Paris, Gaume*, 1862, in-12, br.

94. Fr. Sarcey. Le Nouveau Seigneur de village. *Paris, Charpentier*, 1862, in-12, br.

95. Mosaïque. Anecdotes et propos comiques. *Paris, Gaume,* 1862, in-12, br.

96. Paris en Amérique, par le docteur René Lefèvre (Laboulaye). *Paris, Charpentier,* 1863, in-12, br.

97. (Léo) Joubert. Lééna, histoire athénienne. *Paris,* 1867, in-12, br.

98. Cervantès. Voyage au Parnasse, trad. par Guardia. *Paris, Jules Gay,* 1864, in-12, br.

99. L'Apocalypse de Méliton, ou Révélation des mystères cénobitiques. *Saint-Léger,* 1665, in-12, d.-rel. mar.

100. Pluton Maltotier, nouvelle galante, divisée en six parties. *Cologne, chez Adrien l'Enclume, neveu de Pierre Marteau,* 1712, in-12, d.-r.

101. B. Delbene. Civitas veri, sive morum. *Parisiis,* 1609, in-fol. vélin, titre orné.
Très-belles figures d'emblèmes gravées par Thomas de Leu.

102. Typotii symbola divina et humana pontificum et regum, 1666, pet. in-12, vél. *Nombreuses figures d'emblèmes.*

103. Otto Vænius. Emblemata Horatiana. *Amst., apud Westenium,* 1684, pet. in-8, v. br. *Figures.*
Exemplaire de J.-J. de Bure.

104. Emblèmes d'Amour, illustrez d'une explication en prose. *S. l. n. d.,* in-4, v. br. 50 *planches.*

105. Feuillet de Conches. Causeries d'un curieux. *Paris, Plon,* 1862, 2 vol. in-8, br. *Fig.*

106. Œuvres choisies de Saint-Évremond, publ. par Hippeau. *Paris, Didot,* 1852, in-12, br.

107. Œuvres du comte Joseph de Maistre. *Paris, Migne,* 1841, gr. in-8, br.

108. (J. de) Maistre. Lettres et opuscules inédits. *Paris, Vaton,* 1851, 2 vol. gr. in-8, br.

109. Goethe. Mittheilungen ueber Goethe, von Riemer. *Berlin,* 1841, 2 vol. in-8, br.

110. Goethe. Briefwechsel zwischen Goethe und Zelter in den Jahren 1796 *bis* 1832. *Berlin,* 1833, 6 vol. in-8, br.

111. Dictionnaire d'histoire et de géographie, publié par Ch. Louandre. *Paris,* 1860, in-12, br.

112. Joubert (Léo). Essais de critique et d'histoire. *Paris, Didot,* 1863, in-12, br.

114. Rohrbacher. Histoire naturelle de l'Église catholique. *Paris, Gaume,* 1852, 29 vol. in-8, br.

115. Montfort. Voyage en Chine. *Paris, Lecou,* 1854, in-12, br.

116. Ph. Lebas. Précis d'histoire ancienne. *Paris, Didot,* 1851, 2 vol. in-12, br.

117. De la collection de l'Histoire de France. In-8, br. neufs.

1° OEuvres de Suger. 1867. 1 vol. 2° Rouleaux des morts, ix° au xv° siècle. 1866. 1 vol. 3° Chronique de Mathieu d'Escouchy 1863-64. 3 vol. 4° Commentaires de Blaise de Montluc. 3 vol.

118. Traité du ban et de l'arrière ban, par le sieur de La Roque, avec plusieurs anciens Rolles. *Paris, Michel Le Petit,* 1676, in-12, v. br.

119. Mémoires du chancelier de l'Hospital. *Cologne,* 1672, in-12, vél.

120. La vraye et entière histoire des troubles et guerres civiles advenus de nostre temps, pour le faict de la religion, tant en France, Allemaigne qu'en Pays-Bas, par J. Le Frère, de Laval. *A Paris, Guill. de La Noue,* 1576, gros in-8, d.-rel. v. f.

121. Almanach pratique pour l'année 1734, ou le calendrier historique des grands personnages de Port-Royal, qui ont éclairé l'Église par leurs ouvrages, ou qui l'ont édifié par leur conduite. *Aux Granges-proche-Versailles,* 1734, pet. in-12, v. br. format allongé. (*Rare.*)

122. Gravures d'après Ary Scheffer et Alfr. Johannot, pour l'hist. de la Révolution française. In-8.

123. (Mad.) Roland. Mémoires, nouvelle édition, publ. par Ravenel. *Paris, Durand,* 1840, 2 vol. in-8, br.

124. Belaney. The Massacre at the Carmes in 1792. *London,* 1855, in-8, cart.

Ouvrage peu connu en France,

125. Napoléon. Recueil de ses lettres, bulletins, etc., formant une histoire de son règne, par Kermoysan. *Paris, Didot,* 1857, 4 vol. in-12, br.

126. Nettement (Alfred). Souvenirs de la Restauration. *Paris, Lecoffre,* 1858, in-12, br.

127. (Alfr.) Nettement. Histoire de la Restauration. *Paris,*
1860, 5 vol. in-8, br.

128. Guizot. Mémoires pour servir à l'histoire de mon temps.
Paris, M. Lévy, 1862, 5 vol. in-8, br.

129. Poitiers et ses monuments, 1840, in-8, br. *Fig.* — Notice
généalogique de la famille du Plessis Richelieu. *S. d.,* in-8,
br. *Tiré à petit nombre.*

130. Ammirato (Scipione). Istoria fiorentina. *Firenze,* 1647,
3 vol. in-fol. v. *Armoiries.*

131. G. Favre. Mélanges d'Histoire littéraire, publiés par
Adert. *Genève,* 1856, 2 vol. in-8, br.

132. Marcellus (de). Épisodes littéraires en Orient. *Paris,*
1851, 2 vol. in-8, br.

133. Fr. Morin. Les Hommes et les Livres contemporains.
Paris, Lévy, 1862, in-8, br.

134. Feller. Dictionnaire historique, ou Biographie univer-
selle. *Paris,* 1837, 4 vol. gr. in-8, d.-rel.

135. Dictionnaire de bibliographie catholique (Dictionnaire
de bibliologie catholique, par Gustave Brunet). *Paris, Migne,*
1860, in-8, br.

136. Dictionnaire de bibliographie et de bibliologie (supplé-
ment). *Paris, Migne,* 1866, gr. in-8, br.

137. Catalogue général des mss. des bibliothèques publiques
des départements. *Paris, Impr. imp.,* 1861, 3 vol. gr. in-8,
cart.

138. BARBIER. Dictionnaire des ouvrages anonymes et pseu-
donymes, seconde édition. *Paris, Barrois,* 1822, 4 vol. in-8,
d.-rel. maroquin, *tranche supérieure dorée.*
Bel exemplaire.

139. Le Blason en plusieurs tables et figures avec des remarques, par Duval. *A Paris, près le Palais. S. d.,* in-12, v.
br. 12 *planches.*

140. L'Art héraldique, par Baron. *Paris,* 1693, pet. in-12, v.
br. *figures d'armoiries.*

141. ANNALES ARCHÉOLOGIQUES. *Paris, Didron,* 1844-53,
12 vol. in-4. *Figures dans des cartons.*

142. Revue archéologique. *Paris, Leleux,* 1844-48, in-8, *fi-gures,* tomes Ier à IV en livraisons.

143. Académie des inscriptions, comptes-rendus des séances. 1865-66, 13 livr. in-8.

144. Encyclopédie moderne. *Paris, Didot,* 1851, 27 vol in-8, br., *et planches en livraisons.*

145. De la collection Teubner. Auteurs grecs. 50 vol. in-12, br.

146. De la collection Teubner. Auteurs latins. 30 vol. in-12, br.

PARTITIONS RELIÉES EN ANCIEN MAROQUIN, TRANCHE DORÉE.

147. BLAISE. Annette et Lubin, comédie en un acte, 1 vol. in-4, mar. d. s. t.

148. BLAISE. Isabelle et Gertrude, comédie en un acte, 1 vol. in-4, mar. doré sur tranche.

149. D. L. B. (DE LA BORDE). Annette et Lubin, pastorale. 1 vol. in-4, mar. doré sur tranche.

150. DUNY. Les Moissonneurs, comédie en trois actes, 1 vol. in-4 mar. doré sur tranche.

151. DUNY. Les Deux Chasseurs et la Laitière, comédie en un acte. 1 vol. in-4, mar. doré sur tranche. (*Rare.*)

152. DUNY. La fée Urgèle, comédie en 4 actes. 1 vol. in-4, m. doré sur tranche.

153. DUNY. La Clochette, comédie en un acte. 1 vol. mar. doré sur tranche.

154. GRÉTRY. Lucile, comédie en un acte. 1 vol. in-4, mar. doré sur tranche.

155. GRÉTRY. Silvain, comédie en un acte. 1 vol. in-4, mar. d. s. t.

156. GRÉTRY. Le Tableau parlant, comédie-parade en un acte. 1 vol. mar. doré sur tranche.

157. M*** (MONSIGNY). Le Roi et le Fermier, comédie en trois actes. 1 vol. in-4, mar. doré sur tranche.

158. M*** (Monsigny). Rose et Colas, comédie en un acte.
1 vol. in-4, mar. d. s. t. (*Rare.*)

159. Philidor. Blaise le Savetier, op. bouffon. 1 vol. in-4,
oblong, mar. doré sur tranche.

160. Philidor. Tom Jones, comédie lyrique en trois actes.
1 vol. in-4, mar. d. s. t.

---

161. Bossuet. Oraisons funèbres, panégyriques et sermons.
Paris, Lefèvre, 1844, 4 vol. in-18, br.

162. Montaigne. Essais. *Paris*, 1818, 6 vol. in-8, d.-rel. tr.
dor.

163. P. Corneille. Œuvres, avec les œuvres choisies de Th.
Corneille, le commentaire de Voltaire, les remarques
de La Harpe, Palissot, etc. *Paris, Lefèvre*, 1838, 4 forts
vol. gr. in-12, br.

164. Racine. Œuvres, avec notes, par Aimé Martin. *Paris,
Lefèvre*, 1844, 7 vol. in-8, br., musique d'Esther et d'Athalie.

165. Molière. Œuvres, avec notes, par Aimé Martin. *Paris,
Lefèvre*, 1845, 6 vol. in-8, br.

166. Rabelais. Œuvres. *Genève* (Cazin), 1782, 4 vol. in-18,
d.-rel. tr. dor.

167. Sévigné. Lettres, avec les notes de tous les commen-
tateurs. *Paris, Lefèvre*, 1843, 6 vol. in-12, br.

168. J.-J. Rousseau. Œuvres, avec les notes de tous les com-
mentateurs. *Paris, Lefèvre*, 1839, 8 vol. gr. in-12, br.

169. Staël (Mad. de). Œuvres. *Paris, Lefèvre*, 1838, 3 vol.
gr. in-12, br.

170. Bernardin de Saint-Pierre. Œuvres. *Paris*, 1833, 2 vol.
gr. in-8 à 2 col., br.

171. Lamartine. Voyage en Orient. *Paris, Furne*, 1835, 4 vol.
in-8, br.

172. Thucydide. Histoire de la guerre du Péloponnèse, trad.
par Didot. *Paris, Didot*, 1833, 4 vol. in-8, br.

173. Gibbon. Histoire de la chute de l'empire romain, trad.
par Guizot. *Paris, Maradan*, 1812, 13 vol. in-8, d.-rel.

174. Mézeray. Abrégé chronologique de l'Histoire de France. *Amst., Wolfgang,* 1674, 3 vol. pet. in-8, d.-rel.

175. Froissart. Chroniques. *Paris, Desrez,* 1835, 3 vol. gr. in-8, br.

176. Bazin. Histoire de France sous Louis XIII. *Paris, Chamerot,* 1846, 4 vol. in-12, br.

177. Mémoires du cardinal de Retz. *Paris, Furne,* 1828, 6 vol. in-8, br.

178. Fantin Desodoards. Histoire philosophique de la révolution française. *Paris,* 1807, 10 vol. in-8, d.-rel.

179. Sous ce numéro seront vendus environ cent volumes in-12, publiés principalement par Lefèvre.

---

180. Revue des Deux-Mondes. 1859 à 1867. 9 années en livraisons.

---

181. La Gerusalemme liberata di Torquato Tasso. *Parigi, Didot, s. a.* 2 vol. in-4, papier vélin, mar. r. tr. dor. *Figures de Cochin.*

182. Racine. Œuvres. *Paris, Didot,* 1783, 3 vol. in-4, papier vélin, mar. r. fil. tr. dor. *Bozérian.*

183. Œuvres de Walter Scott, traduites par Albert de Montémont. *Paris, Didot,* 1836, 27 vol. in-8, d.-rel. v.

184. Messina, descritta da Costanzo. *Venezia,* 1606, in-4.

185. Le Mexique, tel qu'il est, par Domenech. *Paris, Dentu,* in-12, br.

186. Anquetil. Histoire de France. *Paris,* 1865, gr. in-8 à 2 col. d.-rel.

187. Marmontel. Régence. *Paris,* 1805, 2 vol. in-8, cart.

188. Journal et mémoires du marquis d'Argenson. *Paris, Renouard,* 1859, 9 vol. in-8, br.

189. Mémoires de Bertrand de Molleville, 1797, 3 vol. in-8, br.

190. Mémoires d'Ouvrard. *Paris,* 1826, 3 vol. in-8, br.

Paris. — Imprimerie de Ad. Lainé et J. Havard, rue des Saints-Pères, 19.

www.ingramcontent.com/pod-product-compliance
Lightning Source LLC
LaVergne TN
LVHW011016180726
843502LV00007B/2581